AF383789

Les joueurs de billes

LES

DIVERTISSEMENTS DE L'ENFANCE

OU

GRAVURES REPRÉSENTANT DIVERS JEUX

AVEC DE PETITS CONTES ANALOGUES

PARIS

LIBRAIRIE SPÉCIALE POUR L'ENFANCE ET LA JEUNESSE

P. C. LEHUBY

RUE DE SEINE SAINT-GERMAIN, 53, F. S. G.

DE L'IMPRIMERIE DE CRAPELET

RUE DE VAUGIRARD, 9

LA JATTE DE LAIT.

« Je boirai. — Tu ne boiras pas, » répétaient la petite Lise et le petit Jules en se disputant une jatte de lait; et, à quelques pas de là, Théodore riait de tout son cœur à la vue de ce petit démêlé entre sa sœur et son frère. Lise, Jules et Théodore étaient trois enfants charmants, s'aimant bien, ainsi

que cela doit être entre frères et sœurs ;
mais en même temps c'étaient trois petits
espiègles qui ne perdaient aucune occasion
de se faire entre eux quelque malice. Leur
maman les avait régalés d'une grande jatte
de lait pour leur goûter, parce qu'ils avaient
bien étudié leur leçon. Théodore avait déjà
pris sa part, et la petite Lise, s'emparant de
la jatte, disait qu'elle allait boire sa portion
et celle de son jeune frère ; aussi Jules re-
tenait-il le vase d'une main, tandis que de

l'autre il tenait la petite friponne par une poignée de cheveux.

Ce débat se passait néanmoins avec gaîté; car Lise n'avait réellement pas l'intention de se conduire comme une gourmande, et son frère était bien persuadé que ce n'était qu'un badinage. « Tiens, ma sœur, faisons une chose, lui dit-il : tirons à la courte-paille à qui de nous deux appartiendra le tout. — Je le veux bien, » répondit Lise. Il parut très-drôle à ces espiègles que l'un d'eux eût le droit de boire tout le lait au nez de l'autre. Théodore regretta même d'avoir déjà pris sa part, et, ne pouvant plus être de la partie, il proposa du moins de devenir l'arbitre du goûter, en préparant lui-même la paille qui devait adjuger un ample régal à l'un des compétiteurs.

Lise, favorisée par la courte-paille, chantait victoire en courant vers la jatte de lait que l'on avait posée sur une table. Mais on n'avait pas remarqué le chat, qui était caché dessous. Pendant le tirage au sort, monsieur Miton avait vidé l'écuelle et se léchait tranquillement les barbes.

Les deux malins, qui ne prétendaient plus rien au lait, rirent alors aux dépens de la pauvre Lise, qui, voyant qu'il n'y avait aucun remède, prit le parti de rire aussi de sa mésaventure.

LE CHAT DANS LA CAGE.

Le lendemain, la petite Lise, après avoir étudié sa leçon, allait faire un tour de promenade dans le jardin lorsqu'elle rencontra à la porte le chat Miton, qui miaulait pour entrer. « Ah! monsieur le gourmand, lui dit-elle, hier vous m'avez joué un tour de votre façon; aujourd'hui je vais vous mettre en pénitence. » Elle le prit aussitôt sous son bras, et alla l'enfermer dans une vieille cage à perroquet; ensuite elle courut chercher ses frères pour leur faire admirer cet oiseau curieux.

« Attendez, dit Jules, nous allons nous divertir bien mieux encore; maître Jacques, le concierge de la maison, a attrappé chez lui une souris cette nuit; il me l'a montrée ce matin; je vais lui demander s'il l'a encore. »

En effet, Jules revint un instant après avec la souris, qu'il tenait par un bout de fil qu'on lui avait attaché à une patte. On la

présenta à Miton à travers sa cage, et le
pauvre chat se démenait de toutes ses forces
pour l'attraper. Afin de mieux jouir des cabrioles du prisonnier, Théodore s'était assis
à terre auprès de la cage, et Lise, debout
devant son frère, s'amusait beaucoup de la
comédie que le chat leur donnait en ce
moment.

Tous trois étaient dans un tel enchante-
ment qu'ils eussent peut-être oublié l'heure
du goûter ; mais Miton fit un bond si extra-
ordinaire dans sa cage qu'il la renversa de

côté; la porte s'étant ouverte en même temps, le chat s'élança dehors, sauta sur la souris, la saisit adroitement entre les mains de Jules, et s'enfuit avec sa proie jusqu'à la maison. Les enfants coururent après lui, mais ils riaient tant et si fort que Miton n'eut pas de peine à les gagner de vitesse; et, délivré de leurs mains, il alla se cacher dans quelque coin pour croquer à son aise le petit gibier qu'il avait attrapé en cette occasion.

LES PETITS FAGOTS.

Un matin, Théodore accourut auprès de
son frère et de sa sœur : « Oh! venez vite,
leur dit-il, venez voir un équipage vraiment curieux. » Lise et Jules se rendirent
avec lui dans la cour de la maison, où était
une petite voiture à laquelle était attelé un
gros boule-dogue. Cette voiture et ce boule-dogue appartenaient à la boulangère du

quartier, qui s'en servait pour transporter chez ses nombreuses pratiques le pain qu'elle leur fournissait journellement.

Quand elle fut partie, il vint dans l'idée à Jules de transformer également Médor, le chien de la maison, en cheval d'attelage; cette invention fut trouvée charmante par son frère et sa sœur. Théodore alla aussitôt chercher un petit chariot dont on lui avait fait cadeau un jour de l'an, et les trois espiègles vinrent ensuite à la niche où Médor était enchaîné pendant le jour; ils le détachèrent et l'attelèrent à leur petite voiture; puis ils le conduisirent dans le jardin, et chargèrent dans le chariot tous les morceaux de bois qu'ils trouvèrent.

Médor était un fort animal, capable d'étrangler les voleurs qui eussent tenté de s'introduire la nuit dans la maison; mais auprès de ses jeunes maîtres il se montrait aussi doux qu'un agneau; il s'était laissé attacher, sangler, brider par eux, et il traînait complaisamment son chariot plein de bois. Jules, un fouet à la main (mais qu'il faisait seulement claquer en l'air), criait à tue-tête comme les charretiers : *à hu*, *à dia*, et le bon chien allait vite ou doucement, à droite ou à gauche, selon que l'exigeait son conducteur.

Théodore ayant rencontré un fagot d'échalas voulut le placer sur la voiture, malgré Lise qui, plus raisonnable que son frère, trouvait que ce serait trop charger

leur cheval. « Bah ! je gage qu'il me traîne-
rait, moi qui suis plus lourd que tout cela , »
reprit Théodore. Le petit lutin s'apprêtait
à se faire voiturer par Médor, lorsque,
heureusement pour le pauvre animal, qui
était déjà tout haletant de fatigue, maître
Jacques vint prévenir les enfants que leur
papa leur ordonnait de bien vite dételer
l'équipage, vu que l'heure de se mettre à
l'étude était arrivée.

LA VOITURE ENFANTINE.

Lise et ses deux frères ayant bien rempli leur devoir pendant la journée, ils obtinrent de bonne heure la permission d'aller au jardin. Vite ils coururent chercher Médor pour continuer le jeu du matin. Maître Jacques s'y opposa. « Mes petits amis, leur dit-il, Médor n'est pas un cheval, et l'exercice que vous lui avez fait

2

prendre est bien suffisant pour un jour.
— Bah! répondit Jules, il ne fait que dor-
mir toute la journée; si nous dormions
comme lui on nous traiterait de paresseux.
— Mais tandis que vous dormez la nuit,
répliqua maître Jacques, Médor veille
pour garder la maison; il faut donc qu'il
se repose. — Cela est juste,» dit la petite
Lise; et elle entraîna ses frères au jardin.

En traversant la cour, Théodore trouva
sous sa main une voiture d'enfant. « Tiens,

Le chien et la voiture.

assieds-toi là-dedans, dit-il à sa sœur: je vais
te traîner. » Sans se le faire répéter, Lise
saute dans la voiture; Théodore empoigne
les bâtons du brancart, Jules se met à pous-
ser de toutes ses forces, et tous trois sont
ravis de leur voiture. Chacun voulut être
traîné à son tour, cela va sans dire; ce petit jeu durait depuis une heure, et nos
espiègles ne se lassaient pas.

Cric, crac, voilà la voiture qui se disloque
sous le poids de Théodore, et celui-ci se

trouve le derrière par terre. Pour comble de malheur, Thérèse, leur bonne, paraît en ce moment. A la vue de la voiture brisée, cette fille gronda bien fort en annonçant qu'elle allait le dire à ses maîtres. « Oh ! non, ma bonne, nous ne l'avons pas fait exprès, » répétait Lise. « Écoute, chère Thérèse, dirent Jules et Théodore, il y a deux ou trois bâtons cassés : le reste n'est que démanché; fais vite raccommoder cela, nous te payerons avec l'argent que papa a coutume de nous donner pour nos menus plaisirs lorsque nous avons bien travaillé pendant la semaine. »

Thérèse n'était pas méchante; elle se rendit à cette prière, après avoir bien fait promettre que l'on redoublerait de zèle pour mériter la gratification du papa.

LE PETIT CHEVAL.

Grâce à la discrétion de la bonne Thérèse, le papa ni la maman ne furent instruits de l'accident de la voiture; mais il fallait payer. « Cela va nous emporter tout l'argent de nos menus plaisirs, dit Jules. — C'est vrai, répondit Théodore, aussi ne faut-il plus entreprendre de jeux capables

L'attelage d'un nouveau genre

de nous ruiner ainsi ; jouons tout simplement au cheval entre nous trois ; nous porterons tour à tour notre sœur Lise. — Ça va, dit Jules, et je commence. »

Théodore cassa aussitôt une branche d'arbuste ; il y ajouta un bout de ficelle, et se mit à faire claquer son fouet sur le dos de son frère. « Ah ça ! ne cingle pas trop fort, dit celui-ci, ou bien je te rendrai la pareille tout à l'heure. »

Jules, marchant sur ses mains et sur ses

genoux et portant Lise sur son dos, cheminait ainsi dans les allées tortueuses du jardin, tandis que Théodore, la bride d'une main et le fouet de l'autre, criait à tue-tête comme après un mauvais cheval qui ne veut pas aller.

La maman était assise dans un coin du jardin; voilà qu'au détour d'une allée nos espiègles se trouvèrent en sa présence. Lise sauta à terre et Jules se dressa sur ses jambes. Ah! miséricorde! qu'aperçut-il?

deux grands trous à son pantalon : un à chaque genou... « Voyez, mon fils, lui dit sa mère, comme vous arrangez vos vêtements. »

Jules, tout stupéfait, n'osait lever les yeux. « Pardon, maman, lui dit-il en se jetant à ses pieds, je n'avais pas prévu cet inconvénient; je t'assure que cela ne m'arrivera plus. — Songez, reprit la maman, que si vous oubliez votre promesse, pour vous punir je vous ferai aller ainsi tout déguenillé à la promenade, où chacun se moquera de vous. »

Jules embrassa sa maman, qui lui permit d'aller changer de pantalon, afin que son papa ne s'aperçût pas de ce qui lui était arrivé dans cette récréation. Puis les enfants se mirent à faire une partie de colin-maillard, avec deux petites demoiselles de leur voisinage, qui venaient d'arriver ; et l'on s'amusa fort gaiement.

Le colin-maillard

LE MONDE RENVERSÉ.

« Prenons garde de déchirer nos vêtements, dit Jules à Théodore lors de la première récréation qui suivit l'accident du
pantalon. — Je sais un bon moyen de ne
point trouer le mien, répondit le frère
aîné, et pourtant je ne marcherai pas sur
les pieds. — Comment marcheras-tu donc?
— Je vais faire ce qu'on appelle *le monde
renversé*; tu vas voir. »

Posant aussitôt les deux mains à terre, il dressa son corps le long d'un arbre en faisant monter successivement ses pieds en l'air, et quand il fut bien d'aplomb, il fit quelques pas dans cette position. « Oh! que c'est drôle! » répétait Lise en riant de tout son cœur. Jules essaya de faire comme son frère, mais, ne pouvant venir à bout de garder l'équilibre, il se dépitait, et cela divertissait beaucoup son frère et sa sœur.

Au moment où Théodore marchait

ainsi, et tandis que Lise était occupée à aider Jules à conserver l'équilibre en lui tenant les pieds en l'air, leur papa se présenta à eux. « Mon frère! mon frère! criait le petit Jules, tout fier de son adresse, m'y voici, je fais comme toi *le monde renversé.* — Voilà un fort joli jeu!» dit M. Sainville. A sa voix, nos deux *mondes renversés* reprirent aussitôt leur position naturelle. « Mes enfants, dit le père de famille, je ne prétends par vous interdire les exercices du corps; mais, cependant, il est des

jeux que vous devez laisser aux petits po-
lissons, et que je serais fâché par consé-
quent de vous voir pratiquer souvent : celui-ci est du nombre. »

En effet, c'était sur le port au Blé que
Théodore avait vu marcher ainsi les petits
garçons qu'il avait essayé d'imiter. Jules
et lui sentirent la justesse de l'observation,
et comme ils étaient des enfants obéissants,
ils se mirent à jouer aux quilles, ce qui
était plus amusant et plus décent que *le
monde renversé*.

LE CHAT ET LE BILBOQUET.

M. Sainville avait mené ses enfants pro-
mener à la fête de Vincennes, et leur avait
acheté quelques-uns de ces beaux joujoux
que vendent les nombreux marchands qui
viennent ce jour-là s'établir dans le bois.

Lise était enchantée d'une jolie corbeille de jonc tressé avec beaucoup d'élé-
gance, et Jules ne l'était pas moins d'un

bilboquet en ivoire qu'il avait choisi pour son lot. Théodore avait acheté un autre objet dont nous parlerons plus tard; pour l'instant nous dirons que le petit trio s'exerçait dans le jardin à qui se montrerait le plus adroit à retenir la boule d'ivoire sur le pivot. Lise avait réussi au troisième coup; elle en était toute fière; car Jules avait manqué six fois avant d'arriver là, et Théodore ne s'en acquittait pas aussi bien.

Le chat Miton, qui se trouvait au-

près d'un buisson de rosiers, occupé à
guetter quelques oiseaux, n'eut pas plutôt aperçu la boule que l'on faisait aller et
venir, qu'il accourut auprès des enfants
pour se mêler de la partie. Dame! il fallait
voir les sauts, les cabrioles et les contor-
sions en tous genres qu'il faisait pour attraper cette boule; c'était vraiment divertis-
sant, et depuis longtemps nos trois petits
amis n'avaient ri de si bon cœur.

Ils étaient tellement actionnés à ce jeu

qu'un très-joli goûter, composé d'une ex-
cellente galette et de raisin muscat, ne
pouvait les distraire, quoiqu'il fût préparé
à quelques pas de là. Ils y songèrent enfin;
mais nous allons voir tout à l'heure ce qui
était arrivé.

LE CHIEN GOURMAND.

Pendant que les enfants faisaient leur partie avec le chat, Médor, en rôdant dans le jardin, avait flairé de loin cette galette, et s'invitant tout bonnement au goûter, il y fit tellement honneur, qu'il ne restait qu'une seule part lorsque la petite bande joyeuse arriva. Lise sauta dessus : « Ah! pour le coup, dit-elle à ses frères,

c'est à vous de jeûner cette fois ; c'est assez
que le chat ait bu ma part de lait l'autre
jour : chacun son tour. »

D'abord, Jules et Théodore ne riaient
pas beaucoup de l'aventure ; mais, voyant
Médor acharné à attraper à Lise sa part
de galette, cela finit par les divertir. Lise
eut beau s'enfuir avec le gâteau d'une main
et la corbeille de muscat de l'autre, Médor, excité par les deux espiègles, la suivit
jusque sur un petit tertre de gazon où elle

vint s'asseoir, et là ce ne fut qu'en aban-
donnant la moitié de sa galette au sollici-
teur, qu'elle put du moins profiter de
l'autre.

Le petit trio fit ensuite son goûter avec
le muscat, dont Médor les laissa disposer
fort tranquillement. Finissant par rire du
tour qu'il leur avait joué, ils le compli-
mentèrent de s'être ainsi récompensé du
précédent travail des petits fagots.

LES PETITS BATEAUX.

Ce qui avait tenté Théodore à la foire de Vincennes, c'était un joli petit bateau orné d'un mât, d'un pavillon, de cordages. On le lui avait acheté, et il l'avait placé soigneusement dans sa bibliothèque.

Ayant aperçu à l'entrée du jardin un baquet plein d'eau, cela lui suggéra l'idée de faire naviguer son bateau. Il l'alla chercher

Les deux marins

aussitôt, et accourut avec son frère auprès
du vaste océan contenu dans le baquet.
Lise ajusta une aiguillée de fil pour diri-
ger le bâtiment; Jules en fit un autre en
papier pour les faire voguer ensemble.

Ils s'amusaient tous trois comme des
bienheureux, lorsque Thérèse, leur bonne,
vint les interrompre bien fâcheusement.
« Vous ne vous gênez pas, leur cria-t-elle
du plus loin qu'elle les vit, de salir ainsi
l'eau que j'ai tirée pour laver le linge de

la maison! — Oh! ma bonne, répétait Théodore, regarde donc comme mon bateau navigue bien! — Vite, vite, emportez vos bateaux, et allez les faire naviguer ailleurs, » répondit Thérèse.

Il fallait obéir. Heureusement que les trois quarts de la récréation étaient écoulés. Nos nouveaux marins prirent donc leur parti de bon cœur. « Tu laisseras l'eau, ma bonne; nous reviendrons demain, lui dit Théodore. — Point du tout, répondit Thérèse, cette eau serait sale, et il m'en coûterait trop de peine pour vous la renouveler. » Mais Thérèse, qui était la bonté même, leur promit un autre sujet d'amusement, ce qui les consola bientôt.

LES BULLES DE SAVON.

Le lendemain, les enfants, curieux de savoir quel amusement leur ménageait leur bonne, coururent vite auprès d'elle à l'heure de la récréation. Elle leur présenta trois tasses contenant de l'eau de savon, et trois chalumeaux de paille pour souffler des bulles. « Ce jeu, leur dit-elle, me plaisait beaucoup à votre âge ; vous allez

Les bulles de savon

voir si je m'en souviens encore. » Et elle
souffla une grosse bulle magnifique par les
diverses couleurs qui variaient son con-
tour. Ensuite, la détachant du fétu de
paille par un léger souffle, elle la lança
ainsi en l'air, où elle s'éleva majestueuse-
ment à une assez grande hauteur, et dis-
parut tout à coup en se brisant.

« Oh! que c'est joli! que c'est joli! » répétaient les trois enfants; et ils se mirent
aussitôt en train de continuer eux-mêmes
ce jeu.

M. Sainville sortit de son cabinet sur ces entrefaites. « Mon papa, vois donc comme je fais de belles bulles! lui dit la petite Lise. — Et moi aussi, dit Jules, en prenant aussitôt sa tasse et son chalumeau. — C'est très-bien, mes enfants, de vous amuser ainsi, répondit le père de famille, et si mes affaires ne m'appelaient pas au dehors, je vous ferais faire diverses expériences avec ces bulles; travaillez bien demain, et je vous promets une belle récréation pour la fin de la journée. »

LES POLICHINELLES.

Les enfants, n'oubliant pas la belle récréation pro-
mise, vinrent réciter ce qu'ils avaient appris dans la
journée, et M. Sainville tint sa parole en se rendant
avec eux au jardin. Il fit étendre sur un terrain en
pente une couverture de laine qui se prolongeait ensuite sur un terrain uni; puis, ayant fait tomber une
bulle sur le haut de la couverture, elle roula doucement jusqu'au bas, et, en la soufflant légèrement,

M. Sainville lui fit prendre toutes sortes de directions comme si c'eût été une boule de verre.

« Tu as un châle de percale, dit-il à sa fille : tenez-en chacun un coin, et nous allons faire sauter dessus une bulle, absolument comme si c'était un ballon.

— Oh ! que c'est drôle ! répétaient les enfants.

— Maintenant, continua leur papa, je vais faire le tour du jardin en *repaumant* une de ces bulles comme si je jouais à la balle. » En effet, ayant couvert sa main de son mouchoir, il exécuta ce qu'il venait d'annon-cer. Les enfants étaient ravis, et chacun d'eux eut un plaisir infini à répéter ces diverses expériences.

Enfin, pour compléter cette jolie soirée, des poli-

chinelles passèrent dans la rue et s'arrêtèrent précisé-
ment devant la maison de M. Sainville. Il ne fallut
pas moins que cela pour détourner l'attention des enfants de leurs expériences avec les bulles de savon;
mais le moyen de résister à M. Polichinelle!.....

LA BASCULE.

« La belle soirée que nous avons passée hier ! répétait Lise.

— Oh ! nous nous amuserons bien tantôt, annonça
Jules à son frère et à sa sœur. Ces ouvriers qui sont
venus au jardin de grand matin ont arraché ce gros
arbre qui était mort, ils ont scié le tronc, élagué
toutes les branches, et ce n'est que demain qu'ils
doivent le couper en plusieurs parties. Le corps de
l'arbre est placé en travers sur le tronc ; j'espère que

ça va nous faire une jolie bascule. — Il faut bien étu-
dier nos leçons, reprit Théodore, afin que nos pa-
rents soient contents de nous, et que nous ne man-
quions pas cette occasion de nous bien récréer. »

Le projet ainsi réglé fut exécuté de point en point
et le papa enchanté permit aux écoliers studieux
d'aller jouer. Je vous laisse à penser s'ils s'en don-
nèrent ! De son cabinet, M. Sainville les entendait
rire aux éclats. Dans la joie qu'il ressentait d'avoir
des enfants qui s'appliquaient si bien à leurs devoirs,
ce bon père voulut jouir aussi de leur plaisir et descendit au jardin. Il arriva au moment où les deux
espiègles faisaient une niche à leur sœur. Elle était

4

juchée en l'air sur l'un des bouts de la pièce de bois,
et criait à tue-tête à son frère de se laisser enlever à
son tour. Mais Jules se tenait cramponné à terre,
tandis que Téodore appuyait la bascule de son côté;
et tous deux riaient comme des fous du dépit de la
petite Lise.

Le papa ne put s'empêcher lui-même de sourire en
examinant tout cela de loin.

LE PETIT MÉCHANT.

Théodore avait attrapé avec de la glu un gros pier-
rot à gorge noire, et il en avait fait présent à sa sœur.
Lise avait une petite cage, et elle y avait placé le moi-
neau. Le pauvre prisonnier, habitué à jouir de la
liberté, se débattait là-dedans comme un malheureux.
«Tiens, ma sœur, il faut lui donner la clef des
champs, lui dit Jules. — Point du tout, répondit
Lise; j'en aurai tant de soin, tant de soin, qu'il se
trouvera bien avec moi. — Bah! maman a dit qu'il

ne saurait vivre en cage, » reprit Jules ; et cet espiègle,
s'emparant de la cage, ouvrit la porte : l'oiseau s'en-
vola aussitôt.

Lise jeta des cris perçants ; Théodore essaya vaine-
ment de rattraper l'oiseau ; il alla se percher sur le
haut d'un arbre et chanta son heureuse délivrance.

Aux cris de la petite Lise, madame Sainville était
accourue ; elle la trouva sanglotant et tenant sa figure
dans son tablier. Jules fut grondé par sa maman ; elle
lui dit qu'il avait agi en cette occasion comme un
petit méchant. Jules, désolé à son tour et sentant
bien son tort, pria sa maman et sa sœur de lui par-
donner. On pardonne plutôt à l'enfant qui reconnaît

La main chaude.

ses fautes qu'à celui qui cherche mille détours pour s'excuser.

Il venait d'arriver du renfort; plusieurs petites amies de Lise accouraient joyeuses pour jouer avec elle; une partie de main chaude fut bientôt organisée, et l'on s'en donna à qui mieux mieux.

M. Sainville rentra chez lui en ce moment; un étranger le suivait. Nous allons voir ce qu'était cet étranger.

L'OPTIQUE.

« Allons, mes enfants, réjouissez-vous, voici qui va bien vous amuser, dit M. Sainville; tout le monde a-t-il été bien sage ?» demanda-t-il à la maman. Jules tremblait et n'osait lever les yeux; mais la petite Lise se jeta dans les bras de sa mère. «Petite maman, lui dit-elle, assure papa que tu es contente de nous.» Madame Sainville fit en souriant un signe approbatif, et les trois enfants sautèrent de joie.

La balançoire

Pendant ce pourparler, l'étranger en question avait
placé sur un tréteau pliant la grande boîte qu'il por-
tait sur son dos, et il n'eut pas plutôt ajusté un ri-
deau que les enfants virent que c'était une lanterne
magique. Ils se placèrent, et la représentation com-
mença.

L'entrée de Henri IV à Paris, la cérémonie du ma-
riage de l'empereur Napoléon, une revue de la garde
nationale par l'Empereur et les princes de sa famille,
une petite guerre exécutée par la garde impériale au
Champ de Mars, tels furent les principaux tableaux
qui passèrent successivement sous les yeux des enfants.

Ces sujets intéressants, non-seulement charmaient

leurs regards, mais encore parlaient à leur âme. Ils étaient dans l'enthousiasme.

La représentation se termina trop tôt au gré de leurs désirs. Ils remercièrent et embrassèrent de tout leur cœur le bon père qui leur avait procuré un si doux amusement, et coururent tous au jardin pour s'amuser à la balançoire. Lise se plaça la première sur l'escarpolette. Théodore, saisissant la corde, mit la machine en mouvement, à la grande joie de Lise.

LE PETIT CANON.

Les deux derniers tableaux de l'optique avaient en-
flammé l'imagination des petits écoliers. Théodore
songea qu'il avait un petit canon parmi ses joujoux.
Il supplia tant maître Jacques d'aller acheter quelques
fusées que celui-ci ne put lui refuser cette commis-
sion. A l'heure de la récréation, Jules l'aida à défaire
ces fusées, et ils se procurèrent ainsi de la poudre
pour charger leur pièce d'artillerie. Quand tout fut
prêt, Théodore cassa une petite branche d'arbuste; il

y ajouta un morceau d'amadou, puis, l'approchant de l'amorce, il y mit le feu; son petit canon fit une telle détonation que tous les oiseaux s'envolèrent.

Le chien Médor et le chat Miton, qui regardaient tranquillement ces préparatifs, se sauvèrent, l'un au fond de sa loge et l'autre sur le haut des toits. Quand à la petite Lise, elle se boucha aussitôt les oreilles, croyant avoir le tympan brisé.

Madame Sainville accourut voir ce que c'était. Mais on pense bien que maître Jacques, en homme prudent, n'avait pas voulu confier les fusées aux enfants sans savoir quel usage on voulait en faire et qu'il était présent à cet exercice. « Ma chère maman, dit Jules, c'est demain le jour de Saint-Louis, la fête de notre papa ; nous l'annonçons par des salves d'artillerie. » Madame Sainville sourit, embrassa ses enfants, et, rassurée par la présence de maître Jacques, elle leur permit de continuer.

On fit donc des décharges tant qu'il y eut des munitions, et Lise s'enhardit à la fin jusqu'à mettre le feu elle-même au dernier coup de canon.

GARDE A VOUS!

Le lendemain, c'était le grand jour de la fête ; mais il n'y avait plus de poudre, et l'on avait défendu à maître Jacques d'en aller chercher : c'était bien dommage. Les enfants s'étaient levés de bonne heure pour se rendre chez leur papa et lui souhaiter sa fête. « Il faut y aller sous les armes, dit Théodore ; Lise sera notre capitaine. » Et vite ils fabriquèrent des bonnets de grenadiers avec de beaux plumets en papier ;

deux manches à balai leur tinrent lieu de fusils, et
Lise eut bientôt ajusté un sabre avec un bout d'échalas.
Fière comme une amazone, elle commandait d'un ton
des plus comiques l'exercice à ses deux soldats.

M. Sainville, instruit de ce qui se passait, descendit
au jardin. Aussitôt que Lise l'aperçu : *Garde à vous!*
cria-t-elle, *en avant, marche!*

La petite troupe alla ainsi au-devant du papa,
qu'elle aborda en criant : *Vive Louis! vive notre bon
père!*

UN ENFANT NE DOIT RIEN CACHER
A SA MÈRE.

Deux sœurs de huit à neuf ans, Lise et Julie, se croyant seules un jour, se mirent à jouer. Lise, extrêmement vive et bruyante, montait sur les chaises, culbutait tout : c'était un tapage affreux. En courant ainsi par la chambre comme une petite folle, elle accroche une tasse, la fait tomber : la tasse se brise en mille morceaux. Ce petit accident arrête tout à coup

les jeux. Les petites filles, déconcertées, imaginaient
des mensonges pour cacher cette faute à leur mère.
Mais Lise ne voulait pas mentir. Là-dessus grands
débats.

La maman n'était point sortie comme les petites
le croyaient : elle avait tout entendu. Elle leur dit avec
bonté : « Mes enfants, vous devriez, à présent que
vous êtes grandes, prendre un peu plus les intérêts
de la maison, et, pour votre honneur, choisir des jeux
plus convenables à des filles. Mais ce dont je vous prie
de vous souvenir par-dessus tout, c'est qu'un enfant ne
doit jamais rien cacher à sa mère, et que mentir,
même pour obliger sa sœur, est une faute très-grave.

Je suis incapable d'abuser de votre ignorance pour
vous faire croire que quoique absente, j'ai connaissance
de ce que vous dites; non : j'étais dans la pièce voisine.
Ce qui vous arrive, mes chères petites, est un avis pour
vous conduire toujours bien; car si l'on parvient à se
cacher des hommes, ce qui est fort rare, on ne peut se
cacher de Dieu. »

DE L'IMPRIMERIE DE CRAPELET, RUE DE VAUGIRARD, 9.